MYSTÈRES DANS LE TRANSSIBÉRIEN

Alex Moury
Hugo
Romain
Amytis
Thomas
Farid
Mélanie
Moussah
Cerise
Mélissa
Jasper

Norvège
Suède
Finlande
Océan Arctique
Moscou
Kazan
Volga
Oural
Ekaterinbourg
Ob
Lena
Sibérie
Lac Baïkal
Irkoutsk
Kazakhstan
Mongolie
Chine

ISBN : 978-2-36836-225-9
Édité par ABC MELODY Éditions
www.abcmelody.com

Imprimé en Pologne
Dépôt légal : février 2021
Loi nº 49-956 du 16 juillet 1949 sur les publications destinées à la jeunesse.
Directeur de collection : Stéphane Husar
Conception graphique et mise en pages : Alice Nussbaum

MYSTÈRES DANS LE TRANSSIBÉRIEN

Texte d'Alain Surget
Illustrations de Louis Alloing

abc MELODY

Chapitre 1

Les yeux du Kremlin

Octobre à Moscou.

Thomas s'arrête sur l'immense Place Rouge et prend une série de photos du Kremlin derrière sa muraille de briques rouges : le Goum, un très grand centre commercial avec son immense verrière, le Musée historique d'État, tout en briques rouges lui aussi, et la cathédrale Saint-Basile.

- Avec ses clochers à bulbe, la cathédrale me fait penser à de gros sucres d'orge de toutes les couleurs, remarque Jasper à côté de Thomas.

- Ne traînez pas ! les hèle Mélanie. Nous ne voulons pas vous perdre !

Les deux garçons courent pour rattraper la classe. Classe qui, par son travail, vient de remporter le premier prix de « Découverte du Monde » : un voyage de Moscou à Irkoutsk par le Transsibérien.

À ce moment, un officier qui discutait avec un autre homme près du mausolée de Lénine, un monument abritant la momie du chef de la Révolution d'octobre 1917, se dirige vers la classe. Parvenu devant Alex Moury, il le gratifie d'un salut militaire et lui ordonne d'un ton sec :

- *Vash pasport, pozhaluysta!*

Alex marque son étonnement puis il lui présente son passeport. L'homme le parcourt en détail...

- C'est bizarre, glisse Amytis à l'oreille de Romain. Déjà en arrivant à l'aéroport, hier soir, le maître a subi un long contrôle.

- Je pense que les Russes ne sont pas habitués à voir une classe de CM2 visiter le pays. Surtout venant de France, répond son ami pour la rassurer.

- Hum, doute Amytis, j'ai l'impression qu'on a dirigé volontairement cet officier sur nous. Il s'entretenait avec un individu qui nous a montrés du doigt.

- *Yedem v Irkutsk! Sushchestvuyet problema? Khotite uvidet'moi drugiye dokumenty, otnosyashchiyesya k etoy poyezdke?* l'interroge le maître, lui indiquant qu'ils vont jusqu'à Irkoutsk, lui demandant s'il y a un problème, et s'il doit lui présenter ses autres papiers concernant le voyage.

- Ça alors, le maître parle russe! s'ébahit Cerise, les autres élèves ouvrant également de grands yeux surpris.

Thomas braque son appareil sur l'officier pour le photographier, mais celui-ci l'arrête d'un « *Net!* » cassant. Un refus qui vaut pour l'enfant comme pour son maître. L'homme rend son passeport à Alex, le salue d'un geste machinal puis fait demi-tour. Du coin de l'œil, Amytis voit l'officier rejoindre l'autre homme près du mausolée et échanger quelques paroles avec lui.

« Il y a quelque chose de pas clair dans tout ça, » réfléchit-elle comme la classe reprend son chemin le long de la muraille qui entoure le Kremlin.

* * *

Un instant plus tard, Alex Moury fait patienter les élèves devant la tour *Koutafia*, le temps d'acheter trois billets pour la visite du Kremlin, un pour lui, les deux autres pour ses accompagnateurs, Mélanie et Farid, l'entrée étant gratuite pour les enfants.

– Le Kremlin a été la résidence des tsars puis des dirigeants de l'Union Soviétique, explique Farid. Le président actuel y réside également, et c'est son lieu de travail.

– Sa forme est triangulaire et rassemble à l'intérieur de son enceinte des palais transformés en musées et des cathédrales, poursuit Mélanie. Dix-neuf tours renforcent la muraille.

– Cette tour est différente des autres, note Amytis, et elle ne fait pas partie de l'enceinte. Elle est surmontée d'une couronne.

– C'est une ancienne barbacane, lit Farid dans son livre-guide, c'est-à-dire un poste fortifié qui gardait l'entrée du Kremlin. Elle était entourée de douves et possédait un pont-levis. Aujourd'hui, c'est un pont en pierre qui relie cette tour à la tour *Troïtskaïa* qui est l'entrée principale au Kremlin.

Le maître rejoint sa classe et l'entraîne sur le pont qui enjambe le jardin *Aleksandrovsky* et ses fontaines.

- Une rivière coulait autrefois sous ce pont, annonce-t-il.

- Farid nous l'a dit, intervient Jasper.

- Ce qu'il n'a pas dû avoir le temps de vous raconter, c'est l'histoire du Kremlin, suppose Alex.

Et pendant que les élèves franchissent le pont, et que Thomas photographie les tours et le parc...

- Siège du pouvoir politique et religieux, la forteresse a été fondée au XIe siècle, raconte

le maître. Installée sur un talus de huit mètres de haut et ceinturée par une palissade de trois mètres, elle a été agrandie et a pris son nom de Kremlin en 1331, lorsque le Prince Ivan Ier la fit entourer par une muraille de pieux de chêne. Au cours des siècles suivants, le Kremlin a subi de nombreuses attaques et des destructions : par les Mongols en 1382, les Tartares en 1571, les Polonais en 1610, les Français en 1812...

- Les Français ? s'étonne Hugo.

- Eh oui ! Le Kremlin a servi de résidence à Napoléon pendant que ses troupes occupaient Moscou, rappelle Mélanie.

- Au XVe siècle, Ivan III a entrepris la reconstruction du Kremlin en faisant appel à des architectes italiens, précise Farid, le nez dans son guide. La muraille, renforcée par vingt tours, dessinait le triangle que l'on voit aujourd'hui, et des douves entouraient la forteresse. C'était comme une île dans la ville.

- C'est au milieu du XIXe que les fossés ont été comblés, reprend Alex, et que d'importantes transformations ont eu lieu.

La classe parvient à la tour *Troïtskaïa* surmontée d'une étoile rouge.

- Cette tour abritait une prison aux XVIe et XVIIe siècles, spécifie Alex.

Il se tait en voyant Jasper courir vers le Palais national du Kremlin, la seule bâtisse moderne en béton, en aluminium et en verre.

- Reviens par ici ! le rappelle-t-il. Nous allons vers la Place des Cathédrales, comme indiqué sur cette pancarte.

- On ne comprend rien sur les panneaux, M'sieur, se défend le garçon. C'est une drôle d'écriture, le russe, avec ses R et ses N à l'envers, des sortes de 3 et de 6, des O dans l'H, des K dos à dos...

- C'est l'écriture cyrillique, issue du grec, lui apprend Mélanie.

– Nous suivons le circuit classique en longeant d'abord l'Arsenal, déclare Alex Moury en désignant un joli bâtiment jaune ocre.

Les enfants s'émerveillent devant les nombreux canons alignés devant la façade.

– L'Arsenal abrite le régiment chargé de la sécurité du président et des membres de son administration, précise Farid.

– On peut visiter la caserne ? demande Moussah.

– Non, répond Alex. Tous les bâtiments ne sont pas ouverts au public. Et celui-ci en particulier.

Leur promenade les conduit devant le palais des Patriarches, tout blanc, dont l'entrée est surmontée par l'église des Douze-Apôtres.

– Un patriarche est, pour la religion orthodoxe, l'équivalent du pape pour la religion catholique, explique Alex Moury.

Ils pénètrent dans le palais et découvrent une immense salle en croix de 300 m², sans aucun pilier, et aux murs parés de superbes carreaux de faïence.

- C'est dans cette salle que les patriarches et les tsars organisaient des banquets, signale Farid.

Un peu plus tard, mêlés à d'autres groupes de touristes, les élèves arrivent Place des Cathédrales qui réunit un ensemble d'églises et de cathédrales, blanches elles aussi, avec des coupelles dorées.

- Les cathédrales se ressemblent toutes, constate Cerise.

- Il n'y a que les portails qui changent, note Romain. Chacun a sa fresque particulière.

Thomas ne sait plus où donner de la tête. Il regarde de tous côtés, se décide enfin pour la cathédrale de l'Assomption, braque son appareil sur elle...

C'est alors qu'éclate un grand cri et que deux hommes s'élancent à travers la place, provoquant un mouvement de frayeur parmi les visiteurs.

Chapitre 2

Sur la piste d'Alex Moury

Figés par la stupeur, les CM2 voient les hommes débouler en criant :

– *Vy rasskazat'nam, chto! Mozhete li vy rasskazat'nam, chto tam proiskhodit!*

– Qu'est-ce qu'ils racontent ? s'étrangle Jasper.

Alex Moury a compris. Il se tourne aussitôt vers Thomas et lui arrache l'appareil des mains.

- Les photos sont interdites ! s'exclame-t-il, résumant les paroles des Russes.

Il se lance alors dans une discussion houleuse avec les deux hommes, leur montre que l'enfant n'a pas eu le temps de photographier les cathédrales puis fourre l'appareil dans la poche de son manteau, leur assurant qu'il surveillera mieux son élève.

Pendant que les trois hommes s'expliquent, Amytis souffle à Romain et à Hugo :

- Ce ne sont pas des gardes, mais des agents en civil. Comme celui qui parlait avec l'officier sur la Place Rouge. Je crois bien qu'on nous épie depuis notre arrivée à Moscou.

- Tu penses au KGB ? avance Hugo. On n'est pas des espions, tout de même !

- Le KGB n'existe plus, dit Mélanie qui a entendu. Il est remplacé par le FSB, le Service Fédéral de Sécurité.

- Qui est pire que le KGB, signale Farid.

- Apparemment, le maître est dans son viseur, remarque Romain. Je me demande bien pourquoi. Vivement qu'on soit dans le Transsibérien !

- Hum, je doute que cela change grand-chose, craint Amytis.

Les enfants visitent les cathédrales décorées d'or et de couleurs bleu et rouge, passant de la cathédrale de l'Assomption, avec ses icônes - des images religieuses -, ses tombeaux de patriarches et le trône en bois ciselé d'Ivan IV le Terrible, à la cathédrale de l'archange Saint-Michel, lieu du couronnement, du mariage, des funérailles des tsars et leur dernière demeure. Plus tard, Alex Moury mène sa classe dans le Clocher d'Ivan le Grand, une tour à trois étages, en pierres blanches, abritant 21 cloches. Au rez-de-chaussée, les élèves visitent une exposition consacrée à l'architecture du Kremlin, puis ils grimpent au sommet.

- 135... 136... 137 marches, halète Jasper en parvenant en haut du clocher. Je n'en peux plus.

De leur perchoir, en faisant le tour du Clocher, les élèves ont une vue sur l'ensemble du Kremlin et de ses jardins, sur la ville et sur la Moskova qui coule au sud de la muraille.

- Cette grande tour est la tour *Spasskaïa*, indique Alex en montrant une tour portant une horloge sur chacune de ses faces. Elle était l'entrée d'apparat empruntée par les tsars et, par ce fait, sacrée. Aussi fallait-il la franchir tête nue. On raconte que Napoléon aurait commis le sacrilège de s'avancer vers elle, coiffé de son bicorne. Son cheval se serait alors cabré, faisant rouler le chapeau à terre.

- Waouh ! lâche Jasper, impressionné.

- Pfff, encore des sornettes, marmonne Mélissa.

Peu après, une fois redescendus, les élèves tournent autour d'un énorme canon de plus de 5 m de long, et d'une cloche gigantesque dépassant les 6 m de haut. Pour l'occasion, Alex rend son appareil à Thomas qui les photographie sous tous les angles.

- Coulé en 1585, le Canon-roi pèse 40 tonnes, et ses boulets une tonne, déclare le maître. Il est simplement décoratif, tout comme la Cloche-reine, qui date de 1735. C'est la plus grosse cloche du monde avec ses 200 tonnes.

- Un morceau est cassé, relève Cerise. Ça fait comme une porte triangulaire dans la cloche.

- C'est lors de l'incendie de 1737 qu'un morceau de 11 tonnes s'est détaché, précise Farid, son livre-guide toujours à la main.

Enfin, c'est l'heure de la pause-déjeuner. Les CM2 se rendent dans le parc situé entre le Clocher et l'enceinte qui borde la Moskova. Ils tirent de leurs sacs des *bouterbrodik* achetés au Goum : des tranches de pain frit avec du pâté, des rondelles de radis, de tomate ou de concombre. Si les enfants boivent de l'eau, Alex et ses deux accompagnateurs s'accordent un *kvas*, une boisson qui ressemble à de la bière parfumée aux fruits et à la menthe. D'autres touristes s'installent près d'eux, mais Amytis repère très vite un homme, debout devant un bassin, qui fume cigarette sur cigarette en donnant l'impression d'attendre quelqu'un.

« Il n'attend personne, » soupçonne-t-elle. « C'est le maître qu'il garde à l'œil. Il doit le prendre pour quelqu'un d'autre, c'est sûr. Monsieur Moury s'en est rendu compte, lui aussi, car il n'est pas à l'aise. »

En effet, sitôt la dernière miette avalée, Alex ordonne la reprise de la visite malgré les protestations de certains qui auraient bien voulu se reposer sur le gazon ou courir dans les allées et entre les arbustes.

La classe pénètre dans la cathédrale de l'Annonciation, découvre de superbes fresques puis une exposition archéologique au sous-sol. Jetant de fréquents coups d'œil en arrière, le maître décide ensuite de débusquer un éventuel suiveur en se rendant au Grand Palais du Kremlin, résidence des tsars et constitué du palais des *Terems* et du palais des Facettes. Les enfants parcourent les multiples salles et les pièces plus intimistes - les *terems* - dont la chambre d'or de la tsarine, aux plafonds peints et décorée des meubles de l'époque.

- Cette fenêtre, indique Alex, s'appelait *Tchelobitnaya*, c'est-à-dire la fenêtre de la Supplique : une caisse actionnée par une poulie transmettait les suppliques du peuple à l'empereur.

- Mais le tsar tenait rarement compte des réclamations des gens, souligne Farid.

« L'homme ne nous suit pas, » observe Amytis, un rien rassurée. « Mais qui sait s'il n'y a pas un de ses collègues parmi les touristes ? »

La classe poursuit sa visite par le palais des Armures. Et c'est l'enchantement ! Les enfants sont éblouis par les merveilles qu'ils y découvrent : des collections d'armes et d'armures du XIIe au XIXe siècle, des pièces d'orfèvrerie, les habits de cérémonie des tsars et des tsarines brodés de fils d'or et d'argent... Thomas enrage de ne pouvoir photographier ces trésors, des gardes établis aux quatre coins s'assurant que les appareils restent bien au fond des poches et des sacs.

- Voici des œufs de Pâques réalisés par le joaillier Fabergé entre 1885 et 1916 pour les tsars Alexandre III et Nicolas II, annonce Alex en s'arrêtant devant une vitrine où sont exposées les œuvres. Chacun de ces œufs cache un objet miniature en or et en pierreries.

- Celui-ci contient un carrosse d'apparat, et cet autre le Transsibérien ! s'exclame Mélanie, fascinée par la beauté des miniatures.

Après avoir admiré les carrosses et les traîneaux des familles impériales, les élèves se rendent au Fonds des Diamants qui rassemble le Trésor de la Couronne de Russie.

– Waouh ! Waouh ! Waouh ! aboie Jasper en passant d'une couronne à l'autre, abasourdi devant tant d'or et de diamants.

– La grande couronne impériale est sertie de 4 936 diamants, précise Farid, et elle a été portée par plusieurs souverains dont la célèbre Catherine II.

Au bout d'un moment, Alex Moury quitte le musée avec sa classe et remonte le Kremlin sur toute la longueur du jardin *Aleksandrovsky*.

- Le maître cherche à savoir si on est suivis, suppose Romain.

- C'est très malin, convient Hugo. Personne ne peut se cacher sur une ligne droite aussi longue.

- Sauf à se mêler à ce groupe de touristes qui ne nous lâche pas depuis le palais des Armures, nuance Amytis.

Alex mène ses CM2 devant la Tombe du Soldat inconnu. C'est une pierre tombale en granite avec une grande étoile en bronze à 5 branches au centre de laquelle brûle « la flamme éternelle ». Un factionnaire se trouve de chaque côté, dans une guérite en verre. À ce moment, trois gardes arrivent au pas cadencé, portant droit un fusil à baïonnette.

- La relève de la garde ! prévient Mélanie. Tu peux dégainer ton appareil, Thomas !

Filmés et flashés par les touristes, les trois hommes s'arrêtent devant la flamme, puis deux d'entre eux se dirigent vers les guérites et vont remplacer ceux qui étaient de faction. Ces derniers rejoignent le troisième. Tous trois repartent alors par le même chemin.

- À présent nous allons regagner notre hôtel, nous reposer un peu et manger un *bortsch* bien chaud avant de nous rendre à la gare de *Iaroslavl*, indique Alex Moury. Le *Baïkal*, notre Transsibérien, nous attend là-bas.

- C'est quoi, un *bortsch* ? interroge Moussah d'un air un peu inquiet.

- Une soupe ! dit le maître. J'ai commandé pour tous une soupe aux nouilles avec de la viande et des champignons.

- Le voyage va durer 12 heures, donc toute la nuit, jusqu'à notre première étape, intervient Farid. Il vous sera impossible de vous rendre au wagon-restaurant si vous avez encore une petite faim.

- Demain, nous serons à Kazan, se réjouit Romain. Espérons que nous aurons laissé nos suiveurs derrière nous.

- Espérons-le, souffle Amytis, mais sa moue sceptique laisse planer un gros doute.

Comme la classe se dirige vers la sortie, un des touristes s'approche d'un homme qui patiente à l'angle de l'Arsenal. Il lui donne quelques instructions et lui remet une photographie sur laquelle a été ajouté un nom : **Алекс Мури**.

- Alex Moury, lit l'homme en regardant le portrait.

Il hoche la tête, met la photographie dans sa poche et emboîte le pas aux élèves qui ressortent par la tour *Troïtskaïa*.

Chapitre 3

Le *Baïkal*

La nuit est tombée sur Moscou. L'entrée principale de la gare de *Iaroslavl* ressemble à un gros champignon illuminé. Sur le quai, la classe d'Alex Moury patiente à côté du Transsibérien vert qui doit la conduire à Kazan. Sur une voiture, Jasper remarque une inscription : « Байкал ».

Байкал

- Je suppose que c'est le nom du train, dit Farid. Cela doit signifier *Baïkal.*

Une femme vêtue d'une longue parka et d'une coiffe rouge contrôle les billets que lui présente Alex.

- C'est notre *provodnitsa,* annonce Mélanie. Une sorte de chef de wagon. Il y en a deux par voiture et elles se relaient toutes les douze heures. Elles passent pratiquement toute leur vie dans le train.

- *Dobro pozhalovat'na Baykal!* dit la femme, souhaitant la bienvenue dans le *Baïkal,* et s'effaçant pour laisser grimper les enfants.

La deuxième *provodnitsa* attend les passagers à l'intérieur. Elle porte un uniforme bleu marine avec insignes, un calot, une chemise blanche et une cravate. Elle accueille les enfants par un simple mouvement de la tête et fourre une paire de draps dans les bras de chacun.

- C'est quoi, ça ? Une chaudière ? s'étonne Moussah en montrant un étrange appareil installé dans un angle. Elle est bien petite pour chauffer toute la voiture.

- C'est un samovar, sourit Alex Moury. Il permet de disposer de l'eau chaude à tout moment.

Il dirige ensuite ses élèves vers les compartiments « *koupé* », c'est-à-dire de deuxième classe, équipés chacun de quatre couchettes et d'une table pliante. Alex et Farid partagent la même cabine alors que Mélanie se retrouve avec trois Anglaises qui tentent un voyage de six jours sans interruption jusqu'à Vladivostok.

Après un coup de sifflet strident, le train se met en branle. À cet instant, la porte du compartiment d'Alex s'ouvre en trombe et un dernier passager s'installe avec Farid et lui. L'homme s'excuse en russe et jette sa paire de draps sur la couchette au-dessus d'Alex. Sitôt allongé, il sort la photographie de sa poche et s'assure qu'il ne s'est pas trompé de cible. Non, c'est bien l'individu suspect qu'il doit suivre !

*　　*　　*

Dans leur compartiment, Amytis, Mélissa, Cerise et Alison regardent défiler les lumières de Moscou. Celles-ci finissent en un tentacule de brillances qui longe la voie ferrée, puis c'est le noir total, la nuit profonde qui referme son couvercle sur la région.

Allongées dans leur couchette, et malgré l'heure tardive, les fillettes n'arrivent pas à trouver le sommeil. Amytis propose alors de leur raconter l'histoire du Transsibérien. Elle cherche les informations sur son portable, puis commence :

- L'idée d'un train reliant Saint-Pétersbourg jusqu'au fin fond de la Sibérie date de 1860. À cette époque, un télégraphe partant de

Vladivostok mettait quinze jours pour arriver à la capitale, ce qui fait que le tsar perdait progressivement le contrôle des territoires lointains. Il y avait déjà le chemin de fer en Russie, bien sûr, mais les voies ferrées s'arrêtaient aux monts Oural. Il a fallu attendre 1891 pour que commencent enfin les travaux qui se sont achevés en 1916.

- Cela faisait combien de kilomètres de voies à réaliser ? demande Mélissa.

- 7 000, répond son amie. Pour accélérer la construction, les travaux ont débuté aux deux extrémités de la ligne. Il y a eu de nombreuses difficultés. Il a fallu bâtir des ponts longs parfois de deux kilomètres pour franchir les fleuves. Il a fallu creuser des tunnels sous les montagnes, traverser la taïga, c'est-à-dire une immense forêt de conifères grande comme deux fois l'Europe. Et c'était sans compter le sol toujours gelé, le froid intense, les maladies...

Amytis saute quelques passages avant de poursuivre.

- Une fois que le Transsibérien a été terminé, d'autres problèmes sont apparus. Sous la rigueur du climat, et parce que la construction avait été trop hâtive, les traverses se fendaient, les ponts se déformaient, les rails se voilaient. Les retards pouvaient atteindre plusieurs jours, et le taux d'accidents était le plus élevé de toutes les lignes de l'Empire. Le risque de déraillement était tel que les locomotives ne dépassaient pas les 25 kilomètres à l'heure.

- Ça n'amenait pas les messages plus rapidement au tsar, rigole Mélissa. Un cheval court plus vite.

- Aujourd'hui, le Transsibérien roule à 60 kilomètres à l'heure, précise Cerise. C'est le maître qui l'a dit. On est très loin de nos TGV.

- N'empêche que le Transsibérien a permis le développement de la Sibérie, lit Amytis.

La Russie a entamé sa conquête de l'Est. Des familles pauvres se sont rendues en Sibérie en quête d'une vie meilleure. Des terres ont été mises en cultures, des villes nouvelles se sont créées, telle Novossibirsk, des industries se sont implantées grâce à la découverte de gisements d'or, de fer, de charbon, de gaz, de pétrole. De nouvelles voies ferrées se sont développées vers la Chine et la Mongolie...

Amytis étouffe un bâillement.

- J'ai l'impression de faire un cours de géo, reconnaît-elle. J'ai sommeil, je vais m'arrêter là.

- Les cours sont plus vivants avec le maître, lui retourne Mélissa.

- Ouais, fait Cerise, il nous manque Jasper.

Alison ne réagit pas, endormie depuis une minute.

* * *

Le lendemain matin, le nez collé contre les vitres, les enfants regardent défiler, sous un ciel laiteux, une succession de champs à la terre givrée, de forêts de bouleaux et de clairières. Par endroits, dans les trouées de la végétation et dans l'espace ouvert par les terrains voués à la culture, la Volga apparaît, déroulant ses eaux grises parallèles à la voie. Soudain, des coups frappés aux portes, accompagnés d'un « *Zavtrak uzhe gotov!* », annoncent que le petit-déjeuner est prêt.

– C'est la *provodnitsa* de jour, dit Alison. Elle doit s'assurer qu'on est tous réveillés.

– On ne doit plus être loin de Kazan, suppose Mélissa. Il va falloir replier nos draps.

L'instant d'après, la classe se retrouve au complet dans le wagon-restaurant. Comme les élèves occupent la plus grande partie de la voiture, il y a peu de Russes aux tables. Ceux-ci accueillent néanmoins les enfants par un grand et jovial « *Zdrastvuytye! Khorosho spalos'?* »

- Ils vous souhaitent le bonjour et vous demandent si vous avez bien dormi, traduit Alex Moury.

- *Da! Da!* claironne Jasper qui sait dire « oui » en russe.

Les autres élèves se contentent de marmonner ou simplement de hocher la tête. Tous s'attablent par quatre puis choisissent soit des *syrniki* - beignets au fromage blanc -, des *grenki* - tranches de pain grillé trempées dans de l'œuf et du sucre -, des *blim* - crêpes - ou, pour les

plus affamés, des *glazounya*, c'est-à-dire des omelettes ou des œufs au plat avec des toasts, du fromage, du saucisson et des légumes.

La classe est encore en train de manger quand le *Baïkal* s'engage sur un pont qui traverse la Volga.

– Nous arrivons à Kazan, avertit le maître comme une *provodnitsa* traverse la voiture en prévenant les passagers qui descendent d'aller récupérer leurs bagages.

Peu après, les enfants prennent pied sur le quai de la gare. Alex Moury note que l'homme qui a partagé sa cabine, avec Farid, quitte également le train. Pour l'observer à son aise, le maître prend son temps pour regrouper ses élèves, et il constate que l'individu ne sait pas trop où aller.

« C'est nous qu'il file », se doute-t-il. « Ou plutôt moi ! Y aurait-il un rapport avec... ? C'est impensable ! Pas après tout ce temps ! »

Chapitre 4

La ville tatare

Les élèves tapent du pied.

- On bouge, M'sieur ? lance Hugo. On gèle sur place après la chaleur dans le train.

- On dirait bien qu'il va neiger, signale Romain.

Amytis lui pince le coude et, d'un mouvement du menton, lui indique l'homme qui semble hésiter sur ce qu'il doit faire.

- Il attend quelqu'un, dit Romain.

- Oui, nous ! avance-t-elle.

Le maître dirige sa classe vers la consigne où chacun peut déposer ses bagages en attendant de les reprendre le soir même. Les élèves empruntent ensuite un bus rouge pour rejoindre le lac Kazan où se trouve le Kremlin. En cours de route, Alex leur raconte l'histoire de la ville.

- Kazan, dont le nom signifie « marmite » en tatar, a été fondée en 1005 par les Bulgares. Les Mongols tatars de la Horde d'Or ont envahi la région au XIIIe siècle, et les deux peuples ont fusionné. Puis Ivan le Terrible s'est emparé de la ville en 1552 et a russifié tout le Tatarstan. Kazan est alors devenue un important centre de commerce entre l'Orient et l'Occident.

- Kazan est une ville multiculturelle, à la fois chrétienne et musulmane, précise Farid, son guide à la main. Elle compte sept mosquées et de nombreuses églises orthodoxes.

- D'ailleurs, vous pouvez déjà voir le Kremlin, annonce Mélanie. Situées l'une à côté de l'autre, la mosquée *Kul Sharif* et l'église de l'Annonciation se ressemblent : toutes les deux sont blanches et couvertes de bulbes bleus.

- On dirait deux sœurs, remarque Moussah.

- C'est une bonne déduction, sourit Alex Moury tout en s'inquiétant de la présence du Russe qui est monté dans le bus avec eux et n'a toujours pas desserré les dents depuis la veille au soir.

- On va encore visiter des églises, M'sieur? exhale Jasper.

- Nous allons plutôt nous intéresser à la culture tatare, déclare le maître.

Une fois hors du bus, il mène sa classe dans le Musée national des Tatars qui retrace l'histoire de ce peuple. Moyennant quelques roubles payés par l'enseignant, Thomas a l'autorisation de photographier ce qu'il veut. Cela va du squelette d'un tyrannosaure aux tapisseries, aux

mannequins en costumes traditionnels saisis en pleine activité artisanale, jusqu'au superbe carrosse rouge de la tsarine Catherine II lorsqu'elle est venue à Kazan en 1767.

Plus tard, après s'être promenés un long moment au bord du lac et de sa jonction avec la Volga, les enfants se dirigent vers le faubourg tatar avec ses maisons décorées de formes géométriques à dominante bleue.

L'heure de midi est largement dépassée quand les élèves parviennent au centre-ville, dans l'immense avenue piétonne *Bauman* bordée d'innombrables magasins et de restaurants. Alex choisit un petit estaminet qui sert une excellente *sulpa* - soupe épaisse aux nouilles - et surtout des *öçpoçmaq* - chaussons tatares triangulaires farcis aux pommes de terre et bœuf haché.

Après quoi, la promenade se poursuit dans l'avenue. Un carrosse en bronze trône au beau milieu de la voie, réplique exacte de celui de Catherine II. Les enfants s'y installent deux par deux, photographiés par Thomas qui promet à chacun son cliché.

Des souks s'alignent dans des rues adjacentes, qui attirent aussitôt la classe par leurs odeurs et leurs couleurs. Les boutiques étalent leurs produits sur des étagères qui se chevauchent. Ici, ce sont des épices et des légumes, là, des tapis, ailleurs, des faïences et des porcelaines en équilibre périlleux sur des planchettes suspendues à des cordelettes. Les élèves commencent à dépenser leurs roubles, avec l'aide d'Alex et de Farid qui maîtrisent l'art du marchandage. Mélanie achète un *çäkçäk*, une pièce montée tatare confectionnée de petits bonbons en pâte de noisette et de fruits séchés, et collés ensemble avec du miel. Comme elle décide d'offrir des bonbons à la classe, sa confiserie disparaît en un rien de temps.

L'après-midi tourne rapidement, et il y a tellement de choses à voir qu'Alex Moury en oublie l'homme qui joue au touriste non loin d'eux. À un moment, les enfants tombent sur un étrange bâtiment en forme de bol.

- C'est le *Kazan Family Center*, annonce Farid qui a puisé le renseignement dans son guide.

- De là-haut, on doit avoir une vue sur toute la ville, imagine Cerise.

- On peut y monter? s'excite Thomas, son appareil toujours à la main.

Le maître accepte, et les élèves découvrent en plongée tous les bâtiments religieux, les universités, le parc animalier...

- Et là-bas, c'est quoi? s'étonne Mélissa en montrant un ensemble de toits multicolores et de formes diverses.

- Le Temple universel, répond Alex. Il représente les 16 plus grandes religions du monde. En fait, il ne s'agit pas d'un centre religieux, mais d'un centre culturel.

Lorsqu'ils redescendent, les enfants tombent nez à nez avec « l'espion » qui, les yeux collés sur une carte, donne l'impression d'étudier le plan de la ville. Alex se plante alors devant lui.

- *Ya mogu vam pomoch'?* lance-t-il d'un ton dur, demandant à l'homme s'il peut l'aider.

Surpris, l'autre secoue la tête en bredouillant :

- *Net, ya spravlyus'!* certifiant qu'il peut se débrouiller seul.

Il replie sa carte, la fourre dans la poche de son manteau puis s'éloigne d'un pas traînant.

Quand la nuit tombe et qu'il commence à neiger, l'homme réapparaît alors que les élèves sont regroupés dans la salle d'attente de la gare et achèvent de manger les crêpes, les chaussons et les sandwiches dont ils ont fait l'acquisition auparavant. Moins d'une heure plus tard, un *Baïkal* s'arrête en gare et embarque ses nouveaux passagers.

La *provodnitsa* de service contrôle les billets, distribue les draps et propose l'eau brûlante de son samovar pour un thé, un café ou une soupe.

Si Mélanie partage son compartiment avec une volumineuse Tatare et ses multiples paniers, Alex et Farid découvrent leur cabine à moitié occupée par deux Mongols qui regagnent Oulan-Bator. Les deux hommes accueillent les Français à bras ouverts et leur proposent immédiatement de goûter à leurs saucissons.

« L'espion », lui, fait grise mine et doit retourner vers la *provodnitsa* afin qu'elle lui déniche une couchette libre. Quitte à dormir assis dans les toilettes, il n'est pas question qu'il lâche la piste de Moury. Son chef ne le lui pardonnerait jamais.

Chapitre 5

L'ombre des Romanov

Après une nuit de neige qui a noyé le paysage sous un blanc uniforme, mêlant champs et forêts, le Transsibérien termine sa traversée de l'Oural, un paisible massif montagneux qui fait barrière entre l'Europe et l'Asie. Située sur le versant oriental, Ekaterinbourg se devine au loin à travers les toits de ses édifices qui se dégagent de son enveloppe laiteuse.

Les enfants achèvent un solide petit déjeuner tardif quand la *provodnitsa* lance son appel à déserter le wagon-restaurant.

- Nous sommes désormais en Sibérie, annonce Alex Moury. Deux fuseaux horaires nous séparent de Moscou, aussi avancez vos montres ou l'heure de vos portables d'autant ! Réglez-les sur 11 heures 15. Nous arriverons en gare dans une demi-heure.

- Ekaterinbourg est une ville tristement célèbre à cause de l'exécution de la famille impériale, les Romanov, en 1918, spécifie Mélanie.

- Oui, confirme le maître. Et le thème de notre visite tourne justement autour du tsar Nicolas II et des siens.

Après avoir franchi des collines boisées recouvertes de givre et longé des petits lacs gelés, le train s'arrête dans la gare *Sverdlovsk*. Sitôt descendue, la classe laisse ses valises à la bagagerie puis, empruntant la ligne 5 du tramway, elle traverse la ville en direction du centre.

- Créée au XVIIIe siècle en raison de la ruée vers l'or et de la présence de nombreux minerais, la ville tire son nom de deux « Ekaterina » : la sainte patronne russe des mines et Catherine Ire, l'épouse du tsar Pierre le Grand. Elle a été construite selon un plan en damier.

Les informations de Farid ne soulèvent que quelques hochements de tête, les élèves observant les bâtiments et riant des piétons lorsque ceux-ci se font éclabousser par de la bouillie de neige au passage des véhicules. Une fois sortis du tramway, Alex mène sa classe le long de l'étang municipal puis dans la rue parallèle *Tolmatchyova*. Tous s'arrêtent devant une magnifique église.

- Cette église, appelée *Khram na Krovi*, c'est-à-dire la Cathédrale-sur-le-Sang-Versé, a été bâtie sur l'emplacement de la maison d'un ingénieur local, un certain Nikolaï Ipatiev, explique le maître. Après la Révolution de 1917, l'abdication et l'arrestation du tsar, c'est dans cette maison qu'ont été emprisonnés, pendant deux mois, la famille impériale, son médecin, une femme de chambre et un valet cuisinier.

– Dans la nuit du 16 au 17 juillet 1918, Nicolas II, son épouse, leurs cinq enfants, le médecin et les deux domestiques ont été conduits dans la cave de cette maison pour y être exécutés par les *bolcheviks*, les partisans de la Révolution, poursuit Farid.

– Les corps ont ensuite été transportés en forêt, aspergés de chaux et d'acide avant d'être jetés dans un puits de mine, intervient Mélanie.

Devant tant d'horreur, les élèves en restent bouche bée.

- La maison a été détruite en 1977 car les autorités russes craignaient qu'elle n'attire des sympathisants royalistes, raconte Alex.

- Et l'Église-sur-le-Sang-Versé a été construite à sa place en hommage à la famille des Romanov, déduit Amytis.

- Sa construction a débuté en 2000, et la cérémonie d'ouverture a eu lieu le 16 juillet 2003, indique Farid.

- À la date anniversaire du massacre, appuie Cerise.

- Et là, fait Alex en montrant une jolie chapelle en bois toute proche, vous voyez la chapelle consacrée à la Grande Duchesse Elisabeth Feodorovna, la sœur aînée de la tsarine. Elle a été assassinée le 18 juillet 1918 avec d'autres princes à Alapaïevsk, à 130 kilomètres d'Ekaterinbourg.

La classe marque un profond silence avant de se laisser entraîner par son maître dans l'Église-sur-le-Sang-Versé. La visite commence par la chapelle du bas qui reconstitue le décor de l'endroit où était retenue la famille du tsar. Lorsque les élèves montent à l'étage, Alex Moury et Amytis ont un sursaut en découvrant, au milieu de touristes, leur « espion » en train d'examiner le mur d'icônes, des images religieuses peintes sur des planchettes.

- Il nous précède, murmure Romain. C'est une nouvelle façon de nous filer.

- Il a dû nous entendre dans le train, quand le maître a parlé des Romanov, souffle Amytis. Il lui a été facile d'imaginer où nous irions.

Les enfants s'arrêtent un instant devant l'autel dressé au-dessus de l'endroit où la famille a été tuée, puis ils montent en haut du beffroi pour découvrir la ville à leurs pieds. Lorsqu'ils redescendent, leur suiveur a disparu, mais Amytis se doute bien qu'il est tapi quelque part et ne les lâche pas des yeux.

*   *   *

Alex Moury décide ensuite de poursuivre « la route des tsars » en emmenant sa troupe au monastère de Ganina Yama, dans la forêt à une quinzaine de kilomètres d'Ekaterinbourg. Parti de la gare routière, le car met un peu moins de 45 minutes pour atteindre un gigantesque parking en pleine forêt. L'entrée du monastère est une maison en bois sombre percée d'une arche.

Avisant le pantalon de Mélanie sous sa parka, un agent de sécurité lui tend un grand tablier rouge. Surprise, la jeune femme fronce les sourcils. Voyant que l'homme agit de même avec toutes les visiteuses en pantalon, elle comprend que la « robe » est une tenue exigée pour pénétrer dans le monastère. Elle se drape donc de la taille aux chevilles.

– Je ressemble à un boudin rouge, grommelle-t-elle. Non, Thomas, pas de photo de moi ! lance-t-elle au garçon qui lève déjà son appareil en rigolant.

Les fillettes, elles, sont trop jeunes pour être concernées. La classe emprunte la grande allée principale qui conduit à un buste en bronze de Nicolas II, au centre d'une place poudrée de neige, bordée par des sapins, des châtaigniers et des bouleaux. Sept chapelles en bois, aux toits verts rutilant sous le soleil, sont disséminées entre les arbres.

– Sept comme les sept membres de la famille royale, suppose Hugo : le tsar, la tsarine et les cinq enfants.

Des touristes sont rassemblés derrière une chapelle, sur un ponton couvert qui encercle une grande croix orthodoxe plantée dans le sol.

- C'est là qu'étaient ensevelis les corps ? demande Mélissa.

Le maître fait oui de la tête. Les enfants fixent un moment le renfoncement dans le sol qui marque l'emplacement de la fosse, puis ils font le tour du ponton. Dans l'heure qui suit, ils visitent les différentes chapelles décorées d'icônes très colorées et illuminées par des cierges. Après quoi, ils pénètrent dans le petit musée situé en sous-sol de la principale église. Là, une exposition sur panneaux doublée d'objets de l'époque leur apprend la biographie des Romanov et les renseigne sur leurs habitudes. À la sortie, les élèves tombent sur une imposante sculpture représentant le fils et les quatre filles du tsar, une bougie à la main. Puis c'est l'inévitable ruée vers la boutique des souvenirs.

En attendant le retour du car, Alex Moury permet à sa classe d'aller jouer dans la neige en bordure du parking. Filles et garçons se lancent alors dans une bataille de boules de neige, quand Amytis aperçoit une silhouette derrière un tronc, qui semble les épier.

- C'est lui, c'est « l'espion » ! glisse-t-elle à Romain.

Une brusque idée lui vient à l'esprit.

- Avertis les autres ! On va se rabattre sur ce type et le canonner à coups de boules de neige. Ça va le faire fuir, et il comprendra peut-être qu'il a intérêt à ne plus rôder autour de nous.

L'idée plaît. Enthousiasme même. D'un seul mouvement, les CM2 se précipitent en braillant sur « l'espion » et le bombardent à qui mieux mieux. Le gaillard leur crie de cesser. Il leur lance même quelques boules pour les forcer à refluer. Loin de les intimider, cela incite les enfants à continuer. L'homme finit par abandonner et se replie. Enflammés par leur victoire, les élèves le poursuivent, le mitraillant à s'en briser les bras.

L'homme glisse soudain dans une pente, la dévale sur le derrière et disparaît dans un trou. La classe fait cercle autour de l'orifice, partagée entre le triomphe et l'inquiétude.

- C'est un puits de mine, halète Romain. La forêt doit en être truffée.

- L'homme n'est pas blessé, constate Amytis en le voyant se relever et les menacer du poing avec force jurons. Mais il en aura pour un moment à s'extraire de là-dessous.

- Le dernier car sera parti quand il ressortira. On ne le verra plus sur nos talons, se réjouit Hugo.

Effectivement, « l'espion » ne reparaît plus. Ni dissimulé à proximité du restaurant, à Ekaterinbourg, où les élèves dégustent un excellent bœuf *strogonoff*, ni à la gare, dans la nuit, quand ils attendent le Transsibérien.

Juste à l'arrivée d'un *Baïkal*, une jeune femme s'approche de Mélanie en train de discuter avec Amytis et Cerise.

- Vous êtes français ? demande-t-elle avec un léger accent.

Comme Mélanie confirme, l'inconnue se présente.

- Je m'appelle Olga, j'ai fait des études à Paris et je retourne chez moi après un périple à travers l'Europe. J'aimerais que l'on partage notre cabine jusqu'à Irkoutsk, si vous le voulez bien. Cela me ferait très plaisir de discuter en français.

- Bien volontiers, accepte Mélanie. J'ai vraiment envie de papoter entre femmes, ajoute-t-elle en riant.

Une fois dans la voiture, Olga glisse quelques billets dans la main de la *provodnitsa* et, un instant plus tard, se présente à l'entrée du compartiment de Mélanie, sa paire de draps dans les bras.

- C'est fait, annonce-t-elle. Personne ne viendra nous envahir jusqu'à notre terminus.

Au moment de refermer la porte, elle tourne la tête et croise le regard d'Amytis, debout devant le samovar, à attendre qu'on lui verse un bol d'eau chaude pour une infusion. La fillette et elle s'échangent un demi-sourire, puis le train repart à une allure de tortue.

Chapitre 6

Les lentes journées de neige

L'aube se répand en langues rougeâtres sur une Sibérie laquée de blanc. La taïga s'étend à perte de vue et hérisse ses conifères, tels des lances d'or et d'argent, qui semblent trembloter dans la lueur fumeuse du jour. Là où la forêt s'interrompt par endroits, les marais offrent leur surface gelée aux rayons ambre glissés de l'est.

Le Transsibérien se traîne au rythme d'un cheval essoufflé, ouvrant sa voie en projetant des gerbes de neige sur ses flancs.

Lorsqu'Amytis et ses amies retrouvent leurs camarades au petit-déjeuner, la fillette se rend tout de suite compte que le maître est beaucoup plus détendu. L'absence de « l'espion » lui a rendu le sourire, et il plaisante à table avec un groupe de Russes. Alors que les enfants avalent leurs *syrniki*, leurs *blim* ou leurs *grenki*, le train réduit son allure puis s'arrête en douceur dans la petite gare d'une ville agricole.

– On est où ? s'enquiert Hugo en avisant la pancarte mentionnant « *НАЗЫВАЕВСКАЫА* ».

– À Nazyvaevskaya ! précise l'enseignant en se levant pour regarder à travers la vitre. À mi-chemin à peu près entre Ekaterinbourg et Novossibirsk.

Trois hommes et une femme patientent sur le quai, mais aucun ne monte dans la voiture d'Alex Moury.

– Il se méfie quand même, chuchote Romain à Amytis, l'œil sur son maître.

– Je me demande ce que tout cela cache, s'interroge la fillette. Mélanie et Farid n'en parlent pas, mais je suis persuadée qu'ils ont remarqué quelque chose, eux aussi.

Le *Baïkal* repart presque aussitôt. Quand les enfants regagnent les compartiments, Amytis passe devant celui d'Alex Moury, dont la porte est entrouverte. Quelle n'est pas sa surprise d'y découvrir un homme assis, le nez plongé dans un livre !

« Ça alors ? s'étonne-t-elle. Personne n'est pourtant monté dans notre voiture ! À moins que ce type soit arrivé en traversant un autre wagon. J'ai bien peur que le maître soit de nouveau surveillé. »

Comme la *provodnitsa* s'occupe à replier les couchettes, à basculer celles du bas pour les convertir en banquettes, et à nettoyer chaque cabine, les passagers se retrouvent à tour de rôle dans l'espace convivial qu'est la voiture-restaurant. Le nez collé contre la vitre, les élèves suivent des yeux le lent défilement du paysage d'un blanc immaculé. Thomas bondit soudain et se met à mitrailler un troupeau de rennes que des cavaliers mènent à travers une vaste étendue neigeuse.

Après Omsk, le trafic devient plus dense en raison de l'acheminement du charbon du Kouzbass vers les fonderies de l'Oural.

La journée s'étire paresseusement. Les CM2 se prélassent dans leurs compartiments où ils s'adonnent à des jeux, somnolent, lisent ou se racontent des histoires. Certains se sont installés dans la voiture-restaurant, au milieu d'autres voyageurs, et assistent aux parties d'échecs qui opposent Alex et Farid. D'autres encore se mêlent à la discussion entre Olga et Mélanie, l'une rapportant des souvenirs de son périple en Europe, l'autre des anecdotes sur les différents voyages réalisés avec les élèves. À un moment, Alex Moury leur rappelle qu'ils doivent à nouveau avancer l'heure sur leurs montres ou leurs portables car ils changent pour la deuxième fois de fuseau horaire depuis leur départ d'Ekaterinbourg.

Le soir commence à s'enténébrer. Bientôt, le paysage de taïga ressemble à une grande mer sombre qui, au gré des collines, cueille les reflets de lune par vagues. À l'approche de Novossibirsk, le train vert franchit un pont à sept travées au-dessus de l'Ob. L'arrêt en gare durant cinquante minutes, Alex autorise la classe à descendre sur le quai pour se dégourdir les jambes et acheter quelques victuailles aux marchands ambulants installés sous les lampadaires. Ceux-ci attendent les voyageurs, les paniers chargés de produits les plus divers : du jus de sirop aux gâteaux faits maison et aux *pirojki*, ces petits pâtés en croûte farcis de viande hachée, de fromage, de champignons ou de pommes de terre.

– Notre suspect est descendu, lui aussi, remarque Hugo, mais il ne sort pas de la gare.

– Il entame même une conversation avec le maître, observe Amytis.

– Créer une relation avec sa proie, c'est aussi une façon de l'espionner, assure Romain.

Lorsque le *Baïkal* quitte la ville, il plonge aussitôt dans la nuit noire. Après le repas, le maître accorde une courte veillée aux enfants, en compagnie d'un jeune couple de Chinois parlant anglais, en route pour Pékin. Puis c'est le retour dans les cabines, la *provodnitsa* ayant eu le temps de réaménager les couchettes.

* * *

Au matin, Alex Moury a une très mauvaise surprise : sa tablette a disparu ainsi que le troisième passager. La *provodnitsa* lui apprend que l'homme est descendu à Bogotol au cours de la nuit.

- Il a profité de notre sommeil, à Farid et à moi, pour me voler, annonce-t-il à Mélanie et aux élèves qui se présentent au petit-déjeuner.

Amytis chuchote à l'oreille de Romain :

- Je parie que le gaillard est en train de fouiller dans tous les dossiers du maître.

Le garçon hoche la tête, la bouche pleine de *kacha*, une bouillie de semoule qu'il goûte avec des *grenki* trempés dans de la *smetana*, une crème aigre.

Les heures s'étirent lentement devant un paysage sans fin de forêts et de champs, rompu de temps à autre par les arrêts dans les villes étapes. L'attention des enfants est attirée deux ou trois fois par des campements de Khant, un peuple de chasseurs et de trappeurs dont les tentes en écorce de bouleaux ressemblent à celles des Indiens d'Amérique. Thomas a la chance de photographier l'un d'eux qui longe la voie et lève justement la tête vers lui.

– Pfff, on se traîne, se plaint Jasper. Ce train n'avance pas. Vivement qu'on arrive à Irkoutsk !

– Vous êtes justement d'Irkoutsk ! lance Amytis à Olga qui partage son temps dans la voiture-restaurant avec Mélanie, le maître et quelques élèves. Si vous nous parliez de la ville ?

La jeune femme accepte en lissant un sourire.

- À l'origine, au XVIIe siècle, c'était une garnison cosaque avant de se développer en un centre de commerce qui expédiait des fourrures en Mongolie, au Tibet et en Chine en échange de soie et de thé. La ville est devenue très active depuis la ruée vers l'or des années 1880.

- C'est à Irkoutsk que se dévoile l'action du roman de Jules Verne, *Michel Strogoff*, intervient Alex.

- Oui, confirme Olga. Et savez-vous que le célèbre danseur de ballet Rudolf Noureev est né dans le Transsibérien, près d'Irkoutsk ?

- J'ai lu que la ville avait aussi servi de refuge aux décembristes, rapporte Farid.

- Les décembristes, c'est qui ? demande Hugo.

Olga se cale au fond de son siège, plisse les paupières à la manière d'un chat, et explique :

- Le tsar Nicolas Ier venait à peine d'être couronné en décembre 1825 qu'une insurrection a éclaté contre lui à Saint-Pétersbourg. Des aristocrates révolutionnaires voulaient changer de régime, abolir le servage, cette sorte d'esclavage des paysans, et établir une république. Mais cette révolution de décembre a échoué. Cinq dirigeants ont été exécutés, les autres conspirateurs ont été bannis et condamnés au bagne en Sibérie.

– Je comprends, dit Hugo. On les appelle décembristes parce que ça s'est passé en décembre.

– Après leurs dix ans de bagne, poursuit Olga, les décembristes se sont établis à Irkoutsk et dans la région. Leurs femmes les ont rejoints et ont introduit un nouveau mode de vie qui a séduit les Sibériens : une culture et un savoir-vivre à l'européenne. Ces familles d'exilés ont fondé des écoles pour les enfants des paysans, ont développé l'économie et les sciences. En un mot, elles ont amené la civilisation dans ce coin perdu de la Russie. Voilà pourquoi Irkoutsk mérite son surnom de « Paris de la Sibérie ».

Olga laisse passer un silence avant d'ajouter :

- Ces épouses auraient aussi apporté de fabuleuses richesses avec elles.

Amytis jette un coup d'œil sur Alex Moury qui s'est rencogné sur son siège et regarde par la vitre d'un air absent.

« Qu'est-ce qu'il a, le maître ? » s'inquiète-t-elle.

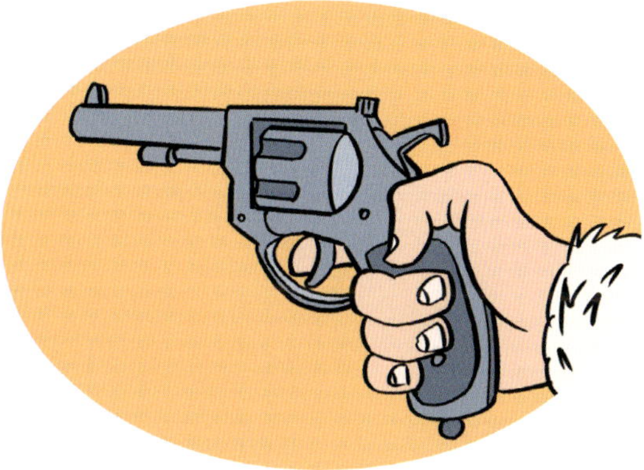

Chapitre 7

Le secret Mouriev

Le lendemain, à 9 heures 38, heure d'Irkoutsk, le *Baïkal* entre en gare. Après que Thomas a demandé aux deux *provodnitsi* de poser devant son appareil, et une fois les montres avancées d'une heure et les bagages en main, les enfants débarquent du train.

- Il va être 5 heures à Moscou. Ici, il est 10 heures et il fait grand soleil, relève Cerise.

12

– Il fait beau mais il fait froid, tremblote Mélissa.

Sous la conduite d'Alex Moury, la classe emprunte un petit bus touristique qui franchit la rivière et parcourt une partie de la ville, rutilante de tous ses dômes dorés. Le chauffeur opère un crochet dans un pittoresque quartier dont les maisons en rondins décorées de dentelles de bois offrent un aspect typique des habitations sibériennes. Le bus passe ensuite devant un marché chinois avant de déposer ses passagers devant une auberge de jeunesse. Olga, qui a accompagné les enfants, les invite à visiter le musée des décembristes lorsqu'ils se seront installés.

– On l'appelle encore la Maison des Volkonsky, du nom de la famille d'exilés qui l'a fait construire, spécifie Olga. Je la connais par cœur et me ferai un plaisir de vous servir de guide.

C'est ainsi que, un peu plus tard, les CM2 pénètrent dans la magnifique maison du prince Volkonsky, étrangement située entre des blocs d'immeubles. Au rez-de-chaussée, la classe découvre les noms de tous les décembristes en lettres d'or sur fond vert, mais elle n'y prête guère d'attention, pas plus qu'aux documents impériaux condamnant les rebelles à l'exil. D'ailleurs, après un très bref commentaire, Alex Moury fait rapidement défiler ses élèves devant les vitrines, puis il les mène à l'étage.

- Le maître a l'air bien pressé de quitter cette exposition, en bas, note Romain.

- Oui, et je crois savoir pourquoi, fait Amytis, mystérieuse.

- Moi aussi, dit Hugo. Tout était écrit en cyrillique, ça n'offrait pas d'intérêt pour nous.

À l'étage, les nombreuses chambres spacieuses présentent les belles robes des femmes, leurs portraits, les meubles, les objets de la vie quotidienne de l'époque.

- Toute la haute société d'Irkoutsk venait aux soirées littéraires, théâtrales et musicales, ainsi qu'aux bals que la famille organisait, poursuit Olga.

- On a l'impression que la maison vit encore et que ses anciens habitants vont entrer dans les pièces, souffle Mélissa.

Quand les enfants ressortent, Alex demande à Farid et à Mélanie de les mener vers un petit parc tout proche et de l'y attendre.

- J'ai une petite course à faire et je ne veux pas entraîner inutilement les élèves derrière moi, prétexte-t-il.

- De mon côté, je vais vous abandonner ici, déclare Olga.

Elle salue Mélanie, Alex et Farid, lance un au-revoir à toute la classe et s'éloigne.

*   *   *

Alex Moury suit quelques rues puis pénètre dans un cimetière où sont enterrés les décembristes. Il remonte une allée arborée et s'arrête devant un tombeau familial surmonté d'une haute stèle portant l'inscription « СЕМЬЯ МУРИЕВ ». D'autres noms sont gravés en dessous, avec les dates de naissance et de décès.

– FAMILLE MOURIEV, lit-il à mi-voix.

Une voix claque brutalement derrière lui.

– Je me doutais bien que je vous trouverais ici, Alex Moury. Ou devrais-je plutôt dire Aleks Mouriev ?

Alex se retourne lentement. Face à lui, Olga.

– C'était donc ça, soupire-t-il. On me suit depuis mon arrivée à Moscou parce que je suis le descendant d'un décembriste.

– Pas n'importe lequel ! Aleksandre Mouriev, le trésorier des exilés ! L'homme chargé de sauve-garder les richesses des aristocrates révolutionnaires.

– Et c'est le trésor que vous recherchez ! Vous faites partie de la mafia russe ?

– Non, d'un organisme de l'État ! se défend la jeune femme. De la SVSR. Ou, si vous préférez, de la *Sektsiya po Vozvrashcheniyu Sokrovishch Rossii*.

– La Section de Récupération des Trésors de Russie, traduit Alex.

– Nous avons enquêté sur votre famille. Votre arrière-arrière-grand-père s'est réfugié en France pour fuir la Révolution de 1917. Là, il a transformé son nom Mouriev en Moury. Comme nous n'avons retrouvé aucune trace du trésor, nous sommes persuadés qu'il l'a emmené avec lui. Et vous êtes le dernier à savoir ce qu'il en est advenu.

– C'est exact, confirme Alex, mais ce trésor, vous ne l'aurez jamais !

Il tourne le dos à Olga pour repartir. Celle-ci extirpe aussitôt un revolver de son sac et menace l'enseignant.

– Pas un pas de plus, Alex Moury, ou je tire !

L'homme s'arrête, la regarde puis hausse les épaules.

– Vous ne le ferez pas, dit-il.

– Ah ? Si le trésor nous échappe, donnez-moi une bonne raison pour ne pas vous abattre !

– La bonne raison, c'est moi ! lance Mélanie en apparaissant derrière une chapelle.

- C'est moi aussi ! l'appuie Farid en se dégageant d'une stèle.

- Et c'est moi ! jette Amytis en quittant son épais tronc d'arbre.

- Et moi ! crie Romain en se relevant, dissimulé derrière une croix.

Chaque élève sort de sa cachette en clamant « C'est moi ! ». Décontenancée, Olga hésite puis elle fourre son arme dans son sac.

- Nous nous retrouverons ! enrage-t-elle en décochant un méchant regard à Alex.

- Ce ne sera pas utile, répond-il, car je vais vous dire ce que les décembristes ont fait de leurs richesses. Il est là, votre trésor : c'est la cathédrale de l'Épiphanie, indique-t-il en tendant le bras vers un des dômes qui bordent l'Angara. Elle a été détruite plusieurs fois au cours de son histoire, notamment par un séisme en 1861. Le trésor a servi à la reconstruire. Auparavant, il avait été utilisé en partie pour l'édification d'une hôtellerie pour le monastère à côté de la cathédrale, comprenant entre autre une bibliothèque et une école religieuse. Alors, vous allez l'emporter comment, votre trésor ? Dites à vos chefs de tout vérifier, le monastère a conservé les preuves dans ses archives… Et, à propos, votre complice pourrait bien me rendre ma tablette à présent.

- Mon complice ? Celui qui vous a dérobé votre tablette était un simple voleur, rien de plus. Je ne le connaissais pas. En revanche, celui que vos élèves ont fait tomber dans un puits était bien un de mes agents. Il a eu le temps de me contacter avec son portable avant de s'extraire du trou. Et je l'ai remplacé.

N'ayant plus rien à ajouter, Olga disparaît.

- Comment avez-vous su où je me trouvais ? demande alors Alex à Mélanie.

Celle-ci désigne Amytis, qui répond.

- J'ai soupçonné Olga dès le début. Elle a

d'abord indiqué qu'elle allait jusqu'à Irkoutsk. Jusque-là, rien de suspect. Mais à peine dans le train, elle a dit à Mélanie que personne ne viendrait les déranger dans la cabine jusqu'à NOTRE terminus. Comment pouvait-elle le savoir puisque personne ne le lui avait dit ?

– Personne sauf son complice au fond du puits, souligne Romain.

– Quand elle a parlé des décembristes, je vous ai senti très mal à l'aise, M'sieur, poursuit Amytis. Je me suis dit alors que vous aviez peut-être quelque chose à voir avec eux. Mon impression s'est renforcée ensuite, dans le musée, quand vous avez précipité la visite du rez-de-chaussée. Je pense que vous ne vouliez pas qu'Olga découvre le nom Mouriev sur la liste des bannis. Tout était inscrit en cyrillique, mais Olga est russe : elle sait donc lire cette écriture. Vous deviez craindre qu'elle vous interroge à ce sujet. D'ailleurs je suis persuadée qu'elle est venue au musée uniquement pour observer vos réactions devant les pièces et les objets que les vôtres avaient connus. Ensuite, vous êtes parti, nous laissant avec Farid et Mélanie. Ce qui ne vous est jamais arrivé. Nul doute que vous alliez vous rendre sur la tombe de vos aïeux.

Mélanie continue.

- Amytis nous a convaincus de ses déductions, Farid et moi. En étudiant le plan de la ville dans le livre-guide, nous avons trouvé l'emplacement du cimetière des décembristes, non loin d'ici. Nous sommes entrés par un autre côté, bien dissimulés par les arbres des allées et les hautes chapelles sur les tombes. De là, nous avons tout entendu.

- Une fois de plus, Amytis a démontré qu'elle était une formidable détective ! la félicite Jasper.

- Cette histoire d'espionnage se termine, conclut Alex Moury. Mais pas notre séjour en Sibérie. Cet après-midi, nous irons flâner dans le *130 Kvartal*, c'est-à-dire dans le quartier sibérien que nous avons traversé en bus. Et demain je vous emmènerai au bord du lac Baïkal que les Russes appellent la Mer Glorieuse.

Alain Surget

Né à Metz en 1948, Alain Surget a été professeur d'histoire. Il commence à écrire dès l'âge de 16 ans en composant des poésies, des nouvelles et des pièces de théâtre. Il est aujourd'hui l'auteur de nombreux romans et séries - *L'Œil d'Horus, Le Renard de Morlange, Tirya, Les Enfants du Nil, Les Agents secrets de l'Olympe*... et, bien sûr, *Mystères dans les Highlands* et *Mystères à Londres*. Après avoir envoyé ses personnages en Écosse, à Londres, en Égypte, à Rome, au Mexique et au Japon, Alain Surget a décidé de leur faire découvrir la Russie.

Louis Alloing

Louis Alloing voit le jour en 1955 à Rabat, au Maroc, et passe sa jeunesse à Marseille. Passionné de dessin, il fait des études d'arts graphiques dans cette belle ville du Sud, puis à Paris. Après avoir travaillé dans la publicité, il se consacre à la littérature pour la jeunesse. Il est notamment l'illustrateur de la BD *Marion Duval* et des séries *Plume le pirate* et *Princesse Olympe*. Après les fantômes écossais de *Mystères dans les Highlands*, Louis nous entraîne dans des décors plus urbains peuplés d'étranges momies, dans la jungle, où nous attendent de dangereuses créatures et d'inquiétants malfrats... L'occasion de frémir en découvrant *Mystères à Londres, chez les Mayas, à Rome, sur le Nil, à Tokyo, dans le Transsibérien* ...

Table des matières

Retrouvez Alex Moury et sa classe
dans leurs aventures écossaises !

MYSTÈRES DANS LES HIGHLANDS

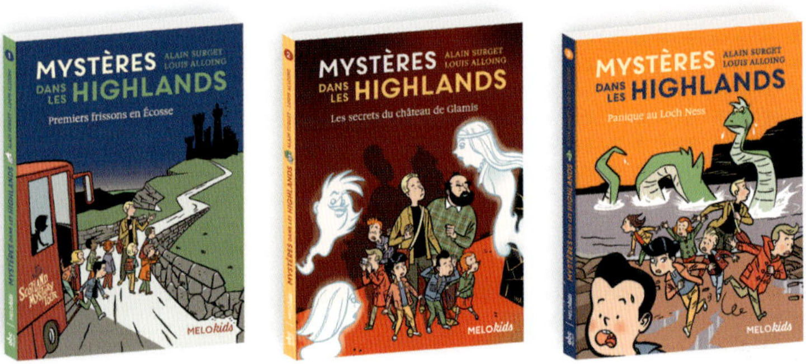

Cap sur l'Écosse, à la découverte de ses paysages grandioses, de son folklore et de ses mystères... Entre les apparitions d'inquiétants fantômes et un intrigant vol de bijoux, Amytis, Romain, Hugo et leurs copains ne devraient pas oublier leur voyage dans les Highlands de sitôt !

UNE TRILOGIE PALPITANTE !